DISCOURS

SUR

L'ECONOMIE

POLITIQUE,

PAR

JEAN-JACQUES ROUSSEAU.

A AMSTERDAM.

M. DCC. LXIV.

LETTRE

*DE M. V****S*

AU LIBRAIRE.

TOus les Ouvrages de l'illustre Citoyen de Geneve méritent de voir le jour : c'est presque en être privé que de n'exister que dans l'Encyclopédie, qui n'est entre les mains que d'un petit nombre de personnes, & qui par-là ne donne, pour ainsi dire, qu'une immortalité obscure aux pieces qu'elle renferme. Vous devriez, Monsieur, en tirer l'excellent Discours sur l'Economie politique, & le donner au Public, en ayant soin de corriger les fautes indiquées dans l'errata. L'esprit de patriotisme qui fait l'ame de ce Discours, les solides & judicieuses réflexions dont il est rempli, le style mâle & nerveux de l'Auteur, me persuadent qu'il sera goûté de tout lecteur citoyen.

J'ai l'honneur d'être, &c.

RÉPONSE.

NOus serions trop heureux, Monsieur, si les gens de goût comme vous, nous aimoient assez pour nous procurer quelquefois des morceaux de littérature aussi importans pour la Société que celui que vous m'avez fait le plaisir de me communiquer ; mais vous venez d'en donner un si bon exemple, en me conseillant d'imprimer le Discours de M. Rousseau, votre illustre Compatriote, qu'il réveillera sûrement l'attention des Gens de lettres, & les engagera à nous offrir souvent l'occasion de servir le Public, en lui mettant sous les yeux des Ouvrages aussi utiles qu'intéressants. Je ne vous parle point de l'honneur que vous faites vous-même aux lettres, par vos lumieres & vos connoissances dans tous les genres, c'est assez qu'elles répandent sur vos jours une douceur & une amenité qui suffisent seules pour faire sentir, même aux plus indifférens, le plaisir de les cultiver. Continuez, Monsieur, à en inspirer le goût, autant par les agrements de votre conversation que par vos Ecrits : vous apprendrez à vos Concitoyens ce que les Sciences ont d'aimable, & ils vous devront la connoissance du vrai mérite & des avantages des belles-lettres. Je suis, MONSIEUR,

Votre très-humble & très-obéissant serviteur,
EM. DU VILLARD.

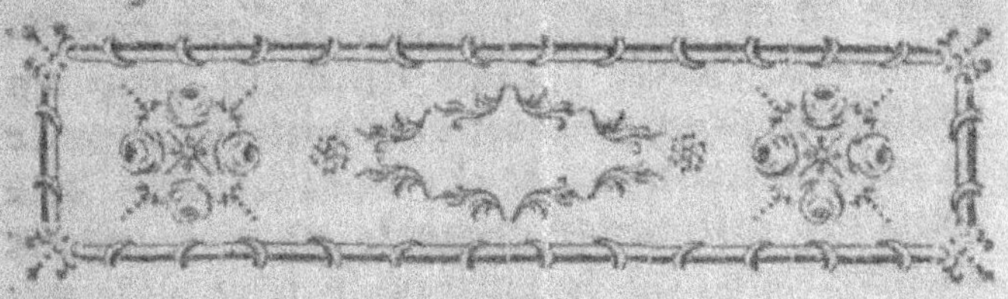

DISCOURS
SUR
L'ÉCONOMIE
POLITIQUE.

LE MOT *Economie* ne signifie originairement que le sage & légitime gouvernement de la maison, pour le bien commun de toute la famille. Le sens de ce terme a été dans la suite étendu au gouvernement de la grande famille, qui est l'*Etat*. Pour distinguer ces deux acceptions, on l'appelle dans ce dernier cas, *Economie générale* ou *politique*, & dans l'autre, *Economie domestique* ou *particuliere*. Ce n'est que de la premiere qu'il est question dans cet article.

Quand il y auroit entre l'Etat & la Famille autant de rapport que plusieurs Auteurs le prétendent, il ne s'ensuivroit pas pour cela que les regles de conduite propres à

l'une de ces deux sociétés, fussent conve-
nables à l'autre : elles diffèrent trop en
grandeur pour pouvoir être administrées de
la même maniere, & il y aura toujours une
extrême différence entre le gouvernement
domestique, où le pere peut tout voir par
lui-même, & le gouvernement civil, où le
Chef ne voit presque rien que par les yeux
d'autrui. Pour que les choses devinssent égales à cet égard, il faudroit que les talents,
la force & toutes les facultés du pere aug-
mentassent en raison de la grandeur de la
famille, & que l'ame d'un puissant Monarque fût à celle d'un homme ordinaire, comme l'étendue de son Empire est à l'héritage
d'un particulier.

Mais comment le gouvernement de l'E-
tat pourroit-il être semblable à celui de la
famille, dont le fondement est si différent ?
Le pere étant physiquement plus fort que
ses enfants, aussi long-temps que son secours
leur est nécessaire, le pouvoir paternel passe avec raison pour être établi par la nature. Dans la grande famille, dont tous les
membres sont naturellement égaux, l'autorité politique purement arbitraire, quant
à son institution, ne peut être fondée que
sur des conventions ; ni le Magistrat commander aux autres, qu'en vertu des loix.
Les devoirs du pere lui sont dictés par des
sentiments naturels, & d'un ton qui per-
met rarement de désobéir. Les Chefs n'ont
point de semblable regle, & ne sont réel-

lement tenus envers le peuple qu'à ce qu'ils lui ont promis de faire, & dont il eſt en droit d'exiger l'exécution. Une autre différence plus importante encore, c'eſt que les enfants n'ayant rien que ce qu'ils reçoivent du Pere, il eſt évident que tous les droits de propriété lui apartiennent, ou émanent de lui : c'eſt tout le contraire dans la grande famille, où l'adminiſtration générale n'eſt établie que pour aſſurer la propriété particuliere qui lui eſt antérieure. Le principal objet des travaux de toute la maiſon, eſt de conſerver & d'accroître le patrimoine du pere, afin qu'il puiſſe un jour le partager entre ſes enfants ſans les appauvrir ; au lieu que la richeſſe du fiſc n'eſt qu'un moyen, ſouvent mal entendu, pour maintenir les particuliers dans la paix & dans l'abondance. En un mot, la petite famille eſt deſtinée à s'éteindre, & à ſe réſoudre un jour en pluſieurs autres familles ſemblables ; mais la grande étant faite pour durer toujours dans le même état, il faut que la premiere s'augmente pour ſe multiplier ; & non-ſeulement il ſuffit que l'autre ſe conſerve, mais on peut prouver aiſément que toute augmentation lui eſt plus préjudiciable qu'utile.

Par pluſieurs raiſons tirées de la nature de la choſe, le pere doit commander dans la famille. Premiérement, l'autorité ne doit pas être égale entre le pere & la mere ; mais il faut que le gouvernement ſoit un, & que dans les partages d'avis il y ait une voix prépondérante qui décide. 2°. Quelque légeres qu'on veuille supposer les incommodités particulieres à la femme, comme elles sont toujours pour elle un intervalle d'inaction, c'est une raison suffisante pour l'exclure de cette primauté: car quand la balance est parfaitement égale, une paille suffit pour la faire pancher. De plus, le mari doit avoir inspection sur la conduite de sa femme, parce qu'il lui importe de s'assurer que les enfants, qu'il est forcé de reconnoître & de nourrir, n'appartiennent pas à d'autres qu'à lui. La femme qui n'a rien de semblable à craindre, n'a pas le même droit sur le mari. 3°. Les enfants doivent obéir au pere, d'abord par nécessité, ensuite par reconnoissance; après avoir reçu de lui leurs besoins durant la moitié de leur vie, ils doivent consacrer l'autre à pourvoir aux siens. 4°. A l'égard des domestiques, ils lui doivent aussi leurs services en échange de l'entretien qu'il leur donne: sauf à rompre le marché, dès qu'il cesse de leur convenir. Je ne parle point de l'esclavage, parce qu'il est contraire à la nature, & qu'aucun droit ne peut l'autoriser.

Il n'y a rien de tout cela dans la Société politique. Loin que le Chef ait un intérêt naturel au bonheur des particuliers, il ne lui est pas rare de chercher le sien dans leur misere. La Magistrature est-elle héréditaire? c'est souvent un enfant qui commande à des hommes: est-elle élective? mille

inconvéniens se font sentir dans les élec-
tions ; & l'on perd dans l'un & l'autre cas
tous les avantages de la paternité. Si vous
n'avez qu'un seul Chef, vous êtes à la discrétion d'un Maître qui n'a nulle raison de
vous aimer ; si vous en avez plusieurs, il
faut supporter à la fois leur tyrannie & leurs
divisions. En un mot, les abus sont inévita-
bles & leurs suites funestes dans toute Société, où l'intérêt public & les loix n'ont
aucune force naturelle, & sont sans cesse at-
taqués par l'intérêt personnel & les passions
du Chef & des membres.

Quoique les fonctions du pere de famille
& du premier Magistrat doivent tendre au
même but, c'est par des voies si différentes,
leur devoir & leurs droits sont tellement
distingués, qu'on ne peut les confondre sans
se former de fausses idées des loix fondamentales de la Société, & sans tomber dans
des erreurs fatales au genre-humain. En
effet, si la voix de la nature est le meilleur
conseil que doive écouter un bon pere pour
bien remplir ses devoirs, elle n'est pour le
Magistrat qu'un faux guide qui travaille sans
cesse à l'écarter des siens, & qui l'entraîne
tôt ou tard à sa perte ou à celle de l'Etat,
s'il n'est retenu par la plus sublime vertu.
La seule précaution nécessaire au pere de
famille, est de se garantir de la dépravation
& d'empêcher que les inclinations naturelles ne se corrompent en lui ; mais ce sont

elles qui corrompent le Magiſtrat. Pour bien faire, le premier n'a qu'à conſulter ſon cœur ; l'autre devient un traître au moment qu'il écoute le ſien ; ſa raiſon même lui doit être ſuſpecte, & il ne doit ſuivre d'autre regle que la raiſon publique, qui eſt la loi. Auſſi la nature a-t-elle fait une multitude de bons peres de famille ; mais il eſt douteux que depuis l'exiſtence du monde, la ſageſſe humaine ait jamais fait dix hommes capables de gouverner leurs ſemblables.

De tout ce que je viens d'expoſer, il s'enſuit que c'eſt avec raiſon qu'on a diſtingué l'*Economie publique*, de l'*Economie particuliere*, & que l'Etat n'ayant rien de commun avec la famille que l'obligation qu'ont les Chefs de rendre heureux l'un & l'autre, les mêmes regles de conduite ne ſauroient convenir à tous les deux. J'ai cru qu'il ſuffiroit de ce peu de lignes pour renverſer l'odieux ſyſtême que le Chevalier *Filmer* à tâché d'établir dans un Ouvrage intitulé *Patriarcha*, auquel deux hommes illuſtres ont fait trop d'honneur en écrivant des livres pour le réfuter. Au reſte cette erreur eſt fort ancienne, puiſqu'Ariſtote même a jugé à propos de la combattre par des raiſons qu'on peut voir aux premier Livre de ſes *Politiques*.

Je prie mes Lecteurs de bien diſtinguer encore l'*Economie publique* dont j'ai à parler, & que j'appelle *gouvernement*, de l'autorité ſuprême que j'appelle *Souveraineté* ;

diftinction qui confifte en ce que l'une a le droit légiflatif, & oblige en certains cas le Corps même de la nation; tandis que l'autre n'a que la puiffance exécutrice, & ne peut obliger que les particuliers.

Qu'on me permette d'employer pour un moment une comparaifon commune & peu exacte à bien des égards, mais propre à me faire mieux entendre.

Le Corps politique, pris individuellement, peut être confidéré comme un corps organifé, vivant & femblable à celui de l'homme. Le pouvoir fouverain repréfente la tête; les loix & les coutumes font le cerveau, principe des nerfs & fiege de l'entendement, de la volonté & des fens, dont les Juges & les Magiftrats font les organes. Le commerce, l'induftrie & l'agriculture, font la bouche & l'eftomac qui préparent la fubfiftance commune. Les finances publiques font le fang qu'une fage *Economie*, en faifant les fonctions du cœur, renvoie diftribuer par tout le corps la nourriture & la vie. Les Citoyens font le corps & les membres qui font mouvoir, vivre & travailler la machine, & qu'on ne fauroit bleffer en aucune partie, qu'auffi-tôt l'impreffion douloureufe ne s'en porte au cerveau, fi l'animal eft dans un état de fanté.

La vie de l'un & de l'autre eft le *moi* commun au tout, la fenfibilité réciproque & la correfpondance interne de toutes les parties. Cette communication vient-elle à

cesser, l'unité formelle à s'évanouir, & les
parties contigues à n'appartenir plus à l'une
l'autre que par juxta-position, l'homme est
mort, ou l'Etat est dissous.

Le Corps politique est donc aussi un être
moral qui a une volonté ; & cette volonté
générale, qui tend toujours à la conservation & au bien-être du tout & de chaque
partie, & qui est la source des loix, est
pour tous les membres de l'Etat, par rapport à eux & à lui, la regle du juste & de
l'injuste : vérité qui, pour le dire en passant,
montre avec combien de sens tant d'Ecri-
vains ont traité de vol la subtilité prescrite
aux enfants de Lacédémone pour gagner
leur frugal repas, comme si tout ce qu'or-
donne la loi, pouvoit ne pas être légitime.

Il est important de remarquer que cette
regle de justice, sûre par rapport à tous les
Citoyens, peut être fautive avec les Etrangers ; & la raison de ceci est évidente : c'est
qu'alors la volonté de l'Etat, quoique générale par rapport à ses membres, ne l'est plus
par rapport aux autres Etats & à leurs
membres, mais devient pour eux une volonté particuliere & individuelle, qui a sa
regle de justice dans la loi de nature, ce qui
rentre également dans le principe établi ; car
alors la grande Ville du monde devient le
Corps politique dont la loi de nature est
toujours la volonté générale, & dont les
Etats & Peuples divers ne sont que des
membres individuels.

De ces mêmes diſtinctions appliquées à chaque ſociété politique & à ſes membres, découlent les regles les plus univerſelles & les plus ſûres ſur leſquelles on puiſſe juger d'un bon ou d'un mauvais gouvernement, & en général de la moralité de toutes les actions humaines.

Toute ſociété politique eſt compoſée d'autres ſociétés plus petites de différentes eſpeces, dont chacune a ſes intérêts & ſes maximes ; mais ces ſociétés, que chacun apperçoit parce qu'elles ont une forme extérieure & autoriſée, ne ſont pas les ſeules qui exiſtent réellement dans l'Etat : tous les particuliers qu'un intérêt commun réunit, en compoſent autant d'autres, permanentes ou paſſageres, dont la force n'eſt pas moins réelle pour être moins apparente, & dont les divers rapports bien obſervés font la véritable connoiſſance des mœurs. Ce ſont toutes ces aſſociations tacites ou formelles qui modifient de tant de manieres les apparences de la volonté publique par l'influence de la leur. La volonté de ces ſociétés particulieres a toujours deux relations : pour les membres de l'aſſociation, c'eſt une volonté générale ; pour la grande ſociété, c'eſt une volonté particuliere, qui très-ſouvent ſe trouve droite au premier égard & vicieuſe au ſecond. Tel peut être Prêtre dévot, ou brave Soldat, ou Praticien zélé & mauvais Citoyen. Telle délibération peut être avantageuſe à la petite communauté & très-pernicieuſe à la grande. Il est vrai que les sociétés particulieres étant toujours subordonnées à celle-ci préférablement aux autres, les devoirs du Citoyen vont avant ceux du Sénateur, & ceux de l'homme avant ceux du Citoyen : mais malheureusement l'intérêt personnel se trouve toujours en raison inverse du devoir, & augmente à mesure que l'association devient plus étroite & l'engagement moins sacré ; preuve invincible que la volonté la plus générale est aussi toujours la plus juste, & que la voix du peuple est en effet la voix de Dieu.

Il ne s'ensuit pas pour cela que les délibérations publiques soient toujours équitables ; elles peuvent ne l'être pas lorsqu'il s'agit d'affaires étrangeres : j'en ai dit la raison. Ainsi il n'est pas impossible qu'une République bien gouvernée fasse une guerre injuste. Il ne l'est pas non plus que le Conseil d'une Démocratie passe de mauvais décrets, & condamne les innocents ; mais cela n'arrivera jamais, que le peuple ne soit séduit par des intérêts particuliers, qu'avec du crédit & de l'éloquence, quelques hommes adroits sauroient substituer aux siens. Alors autre chose sera la délibération publique, & autre chose la volonté générale. Qu'on ne m'oppose donc point la Démocratie d'Athenes, parce qu'Athenes n'étoit point en effet une Démocratie, mais une Aristocratie très-tyrannique, gouvernée par des Savants & des Orateurs. Examinez avec

foin ce qui fe paffe dans une délibération
quelconque , & vous verrez que la volonté générale eft toujours pour le bien commun ; mais très-fouvent il fe fait une fcif-
fion fecrette, une confédération tacite , qui
pour des vues particulieres fait éluder la
difpofition naturelle de l'affemblée. Alors
le Corps focial fe divife réellement en d'autres dont les membres prennent une volonté
générale , bonne & jufte à l'égard de ces
nouveaux Corps , injufte & mauvaife à l'é-
gard du tout dont chacun d'eux fe démem-
bre.

On voit avec quelle facilité l'on explique,
à l'aide de ces principes , les contradictions
apparentes qu'on remarque dans la conduite de tant d'hommes remplis de fcrupule &
d'honneur à certains égards , trompeurs &
fripons à d'autres , foulant aux pieds les devoirs les plus facrés , & fideles jufqu'à la
mortà des engagements fouvent illégitimes.
C'eft ainfi que les hommes les plus corrom-
pus rendent toujours quelque forte d'hom-
mage à la foi publique : c'eft ainfi que les
brigands mêmes qui font les ennemis de la
vertu dans la grande fociété , en adorent le
fimulacre dans leurs cavernes.

En établiffant la volonté générale pour
premier principe de l'*Economie* publique &
regle fondamentale du gouvernement , je
n'ai pas cru néceffaire d'examiner férieufe-
ment fi les Magiftrats appartiennent au Peuple , ou le peuple aux Magiftrats : & fi dans

les affaires publiques on doit confulter le
bien de l'Etat ou celui des Chefs. Depuis
long-temps cette queftion a été décidée d'u-
ne maniere par la prarique , & d'une autre
par la raifon ; & en général , ce feroit une
grande folie d'efpérer que ceux qui dans le
fait font les maîtres , préféreront un autre
intérêt au leur. Il feroit donc à propos de
divifer encore l'*Economie* publique en populaire & tyrannique. La premiere eft celle
de tout Etat, où regne entre le peuple &
les Chefs unité d'intérêt & de volonté ;
l'autre exiftera néceffairement par-tout où
le gouvernement & le peuple auront des
intérêts différents & par conféquent des
volontés oppofées. Les maximes de cel-
les-ci font infcrites au long dans les archi-
ves de l'hiftoire & dans les fatyres de Ma-
chiavel. Les autres ne fe trouvent que dans
les écrits des Philofophes qui ofent réclamer
les droits de l'humanité.

I. La premiere & la plus importante maxime du gouvernement légitime ou populaire ; c'eft-à-dire de celui qui a pour objet
le bien du peuple , eft donc, comme je
l'ai dit , de fuivre en tout la volonté générale ; mais pour la fuivre , il faut la connoître, & fur-tout la bien diftinguer de la volonté particuliere , en commençant par foi-
même : diftinction toujours fort difficile à
faire, & pour laquelle il n'appartient qu'à
la plus fublime vertu de donner de fuffifan-
tes lumieres. Comme pour vouloir il faut

être

être libre, une autre difficulté qui n'est
guere moindre, est d'assurer à la fois la liberté publique & l'autorité du Gouvernement. Cherchez les motifs qui ont porté les
hommes, unis par leurs besoins mutuels
dans la grande société, à s'unir plus étroi-
tement par des sociétés civiles; vous n'en
trouverez point d'autre que celui d'assurer les
biens, la vie & la liberté de chaque membre
par la protection de tous: or comment forcer les hommes à défendre la liberté de
l'un d'entr'eux, sans porter atteinte à celle
des autres? & comment pourvoir aux besoins publics, sans altérer la propriété particuliere de ceux qu'on force d'y contribuer? De quelques sophismes qu'on puisse
colorer tout cela, il est certain que si l'on
peut contraindre ma volonté, je ne suis
plus libre, & que je ne suis plus maître de
mon bien si quelqu'autre peut y toucher.
Cette difficulté, qui devroit sembler insur-
montable, a été levée avec la premiere par
la plus sublime de toutes les institutions
humaines, ou plutôt par une inspiration
céleste, qui apprit à l'homme à imiter ici-
bas les décrets immuables de la Divinité.
Par quel art inconcevable a-t-on pu trouver le moyen d'assujettir les hommes pour
les rendre libres? d'employer au service
de l'Etat, les biens, les bras & la vie même de tous ses membres, sans les contraindre & sans les consulter? d'enchaîner leur
volonté de leur propre aveu? de faire va-

B

loir leur confentement contre leur refus, &
de les forcer à fe punir eux-mêmes quand
ils font ce qu'ils n'ont pas voulu? Comment fe peut-il faire qu'ils obéiffent & que
perfonne ne commande, qu'ils fervent &
n'aient point de Maître , d'autant plus libres en effet que fous une apparente fujé-
tion , nul ne perd de fa liberté que ce qui
peut nuire à celle d'un autre ? Ces prodiges font l'ouvrage de la loi : c'eft à la loi feule que les hommes doivent la juftice & la
liberté : c'eft cet organe falutaire de la volonté de tous qui rétablit dans le droit l'é-
galité naturelle entre les hommes : c'eft
cette voix célefte qui dicte à chaque Citoyen les préceptes de la raifon publique ,
& lui apprend à agir felon les maximes de
fon propre jugement , & à n'être pas en
contradiction avec lui-même : c'eft elle feule
auffi que les Chefs doivent faire parler
quand ils commandent. Car fi-tôt qu'indépendamment des loix, un homme en prétend foumettre un autre à fa volonté pri-
vée, il fort à l'inftant de l'état civil , &
fe met vis-à-vis de lui dans le pur état de
la nature, où l'obéiffance n'eft jamais pref-
crite que par la néceffité.

Le plus preffant intérêt du Chef, de même que fon devoir le plus indifpenfable ,
eft donc de veiller à l'obfervation des loix
dont il eft le Miniftre , & fur lefquelles eft
fondée toute fon autorité. S'il doit les faire
obferver aux autres, à plus forte raifon doit-il

les obſerver lui-même, qui jouit de toute leur faveur. Car ſon exemple eſt de telle force, que quand même le peuple voudroit bien ſouffrir qu'il s'affranchît du joug de la loi, il devroit ſe garder de profiter d'une ſi dangereuſe prérogative, que d'autres s'efforceroient bientôt d'uſurper à leur tour, & ſouvent à ſon préjudice. Au fond, comme tous les engagements de la ſociété ſont réciproques par leur nature, il n'eſt pas poſſible de ſe mettre au-deſſus de la loi ſans renoncer à ſes avantages, & perſonne ne doit rien à quiconque prétend ne rien devoir à perſonne. Par la même raiſon, nulle exemption de loi ne ſera jamais accordée, à quelque titre que ce puiſſe être, dans un Gouvernement bien policé. Les Citoyens mêmes qui ont bien mérité de la patrie, doivent être récompenſés par des honneurs, & jamais par des privileges : car la République eſt à la veille de ſa ruine, ſi-tôt que quelqu'un peut penſer qu'il eſt beau de ne pas obéir aux loix. Mais ſi jamais la Nobleſſe ou le Militaire, ou quelqu'autre Ordre de l'Etat adoptoit une pareille maxime, tout ſeroit perdu ſans reſſource.

La puiſſance des loix dépend encore plus de leur propre ſageſſe que de la ſévérité de leurs Miniſtres ; & la volonté publique tire ſon plus grand poids de la raiſon qui l'a dictée. C'eſt pour cela que *Platon* regarde comme une précaution très-importante de met-

tre toujours à la tête des Edits, un préam-
bule raisonné qui en montre la justice &
l'utilité. En effet, la premiere des loix est
de respecter les loix : la rigueur des châti-
ments n'est qu'une vaine ressource imagi-
née par de petits esprits pour substituer la
terreur à ce respect qu'ils ne peuvent obtenir. On a toujours remarqué que les pays
où les supplices sont les plus terribles, sont
aussi ceux où ils sont les plus fréquens ; de
sorte que la cruauté des peines ne marque
guere que la multitude des infracteurs, &
qu'en punissant tout avec la même sévé-
rité, l'on force les coupables de commet-
tre des crimes pour échapper à la punition
de leurs fautes.

Mais quoique le Gouvernement ne soit
pas le maître de la loi, c'est beaucoup d'en
être le garant & d'avoir mille moyens de
la faire aimer. Ce n'est qu'en cela que consiste le talent de régner. Quand on a la force en main, il n'y a point d'art à faire trem-
bler tout le monde, & il n'y en a pas même beaucoup à gagner les cœurs ; car l'expérience a depuis long-temps appris au peuple à tenir grand compte à ses chefs de tout
le mal qu'ils ne lui font pas, & à les ado-
rer quand il n'en est pas haï. Un imbécille
obéi peut comme un autre punir les forfaits:
le véritable homme d'Etat sait les prévenir ; c'est sur les volontés encore plus que
sur les actions, qu'il étend son respectable
empire. S'il pouvoit obtenir que tout le mon-

de fît bien, il n'auroit lui-même plus rien à faire, & le chef-d'œuvre de ses travaux seroit de pouvoir rester oisif. Il est certain, du moins, que le plus grand talent des Chefs est de déguiser leur pouvoir pour le rendre moins odieux, & de conduire l'Etat si paisiblement qu'il semble n'avoir pas besoin de conducteurs.

Je conclus donc que comme le premier devoir du Législateur est de conformer les loix à la volonté générale, la premiere regle de l'*Economie* publique est que l'administration soit conforme aux loix. C'en sera même assez pour que l'Etat ne soit pas mal gouverné, si le Législateur a pourvu comme il le devoit à tout ce qu'exigeoient les lieux, le climat, le sol, les mœurs, le voisinage, & tous les rapports particuliers du peuple qu'il avoit à instituer. Ce n'est pas qu'il ne reste encore une infinité de détails de Police & d'*économie*, abandonnés à la sagesse du Gouvernement ; mais il a toujours deux regles infaillibles pour se bien conduire dans ces occasions ; l'une est l'esprit de la loi qui doit servir à la décision des cas qu'elle n'a pu prévoir ; l'autre est la volonté générale, source & supplément de toutes les loix, & qui doit toujours être consultée à leur défaut. Comment, me dira-t-on, connoître la volonté générale dans les cas où elle ne s'est point expliquée ? Faudra-t-il assembler toute la Nation à chaque événement imprévu ? Il faudra d'autant

moins l'affembler , qu'il n'eft pas sûr que fa
décifion fût l'expreffion de la volonté générale ; que ce moyen eft impraticable dans un
grand Peuple , & qu'il eft rarement néceffaire quand le Gouvernement eft bien intentionné : car les Chefs favent affez que
la volonté générale eft toujours pour le par-
ti le plus favorable à l'intérêt public , c'eft-
à-dire le plus équitable : de forte qu'il ne
faut qu'être jufte pour s'affurer de fuivre la
volonté générale. Souvent quand on la cho-
que trop ouvertement , elle fe laiffe appercevoir , malgré le frein terrible de l'autorité publique. Je cherche le plus près qu'il
m'eft poffible les exemples à fuivre en pareil
cas. A la Chine , le Prince a pour maxime
conftante de donner le tort à fes Officiers
dans toutes les altercations qui s'élevent entr'eux & le Peuple. Le pain eft-il cher dans
une Province? l'Intendant eft mis en prifon :
fe fait-il dans une autre une émeute ? le Gou-
verneur eft caffé , & chaque Mandarin ré-
pond fur fa tête de tout le mal qui arrive
dans fon département. Ce n'eft pas qu'on
n'examine enfuite l'affaire dans un procès
régulier ; mais une longue expérience en a
fait prévenir ainfi le jugement. L'on a rarement en cela quelqu'injuftice à réparer , &
l'Empereur perfuadé que la clameur publique ne s'éleve jamais fans fujet , démêle
toujours au travers des cris féditieux qu'il
punit , des juftes griefs qu'il redreffe.

C'eft beaucoup que d'avoir fait régner

l'ordre & la paix dans toutes les parties de
la République ; c'est beaucoup que l'Etat
soit tranquille & la loi respectée, mais si l'on
ne fait rien de plus, il y aura dans tout cela
plus d'apparence que de réalité, & le Gouvernement se fera difficilement obéir, s'il
se borne à l'obéissance. S'il est bon de savoir employer les hommes tels qu'ils sont,
il vaut beaucoup mieux les rendre tels qu'on
a besoin qu'ils soient : l'autorité la plus absolue est celle qui pénetre jusqu'à l'intérieur
de l'homme, & ne s'exerce pas moins sur la
volonté que sur les actions. Il est certain que
les Peuples sont à la longue ce que le Gouvernement les fait être ; Guerriers, Citoyens ;
Hommes, quand il le veut ; Populace & Ca-
naille quand il lui plaît : & tout Prince qui
méprise ses Sujets se déshonore lui-même,
en montrant qu'il n'a pas su les rendre esti-
mables. Formez donc des hommes, si vous
voulez commander à des hommes ; si vous
voulez qu'on obéisse aux loix, faites qu'on
les aime, & que pour faire ce qu'on doit,
il suffise de songer qu'on le doit faire. C'é-
toit-là le grand art des Gouvernements anciens, dans les temps reculés où les Philo-
sophes donnoient des loix aux Peuples, &
n'employoient leur autorité qu'à les rendre
sages & heureux. De-là tant de loix somp-
tuaires, tant de réglements sur les mœurs,
tant de maximes publiques admises ou rejet-
tées avec le plus grand soin. Les Tyrans mêmes n'oublioient pas cette importante partie

de l'administration ; & on les voyoit atten-
tifs à corrompre les mœurs de leurs esclaves
ves avec autant de soin qu'en avoient les
Magistrats à corriger celles de leurs Concitoyens
toyens. Mais nos Gouvernements modernes
qui croient avoir tout fait quand ils ont tiré
de l'argent, n'imaginent pas même qu'il soit
nécessaire ou possible d'aller jusques-là.

II. Seconde regle essentielle de l'*Economie*
publique, non moins importante que la première
miere. Voulez-vous que la volonté générale
soit accomplie ? faites que toutes les volontés
tés particulieres s'y rapportent ; & comme la
vertu n'est que cette conformité de la volonté
té particuliere à la générale, pour dire la
même chose, en un mot, faites régner la
vertu.

Si les Politiques étoient moins aveuglés
par leur ambition, ils verroient combien il
est impossible qu'aucun établissement, quel
qu'il soit, puisse marcher selon l'esprit de
son institution, s'il n'est dirigé selon la loi
du devoir; ils sentiroient que le plus grand
ressort de l'autorité publique est dans le cœur
des Citoyens, & que rien ne peut suppléer
aux mœurs pour le maintien du Gouvernement. Non-seulement il n'y a que des gens
de bien qui sachent administrer les Loix,
mais il n'y a dans le fond que d'honnêtes
gens qui sachent leur obéir. Celui qui vient
à bout de braver les remords, ne tardera
pas à braver les supplices · châtiment moins
rigoureux, moins continuel, & auquel on

a du moins l'espoir d'échapper ; & quelques précautions qu'on prenne, ceux qui n'attendent que l'impunité pour mal faire, ne manquent guere de moyens d'éluder la loi ou d'échapper à la peine. Alors, comme tous les intérêts particuliers se réunissent contre l'intérêt général qui n'est plus celui de personne, les vices publics ont plus de force pour énerver les loix, que les loix n'en ont pour réprimer les vices ; & la corruption du Peuple & des Chefs s'étend enfin jusqu'au Gouvernement, quelque sage qu'il puisse être : le pire de tous les abus est de n'obéir en apparence aux loix que pour les enfreindre en effet avec sûreté. Bientôt les meilleures loix deviennent les plus funestes : il vaudroit mieux cent fois qu'elles n'existassent pas ; ce seroit une ressource qu'on auroit encore quand il n'en reste plus. Dans une pareille situation l'on ajoute vainement Edits sur Edits, Réglemens sur Réglemens. Tout cela ne sert qu'à introduire d'autres abus sans corriger les premiers. Plus vous multipliez les loix, plus vous les rendez méprisables ; & tous les surveillans que vous instituez ne sont que de nouveaux infracteurs destinés à partager avec les anciens, ou à faire leur pillage à part. Bientôt le prix de la vertu devient celui du brigandage : les hommes les plus vils sont les plus accrédités : plus ils sont grands, plus ils sont méprisables : leur infamie éclate dans leurs dignités, & ils sont déshonorés par leurs honneurs. S'ils achetent les suffrages des Chefs ou la protection des femmes , c'est pour vendre à leur tour la Justice, le Devoir & l'Etat ; & le peuple , qui ne voit pas que ses vices font la premiere cause de ses malheurs , murmure & s'écrie en gémissant : » Tous mes maux ne viennent que de ceux » que je paie pour m'en garantir. «

C'est alors qu'a la voix du devoir qui ne parle plus dans les cœurs , les Chefs font forcés de substituer le cri de la terreur ou le leurre d'un intérêt apparent dont ils trompent leurs créatures. C'est alors qu'il faut recourir à toutes les petites & méprisables rufes qu'ils appellent *maximes d'Etat* , *& mysteres du Cabinet*. Tout ce qui reste de vigueur au Gouvernement est employé par ses membres à se perdre & se supplanter l'un l'autre , tandis que les affaires demeurent abandonnées , ou ne se font qu'à mesure que l'intérêt personnel le demande , & selon qu'il les dirige. Enfin toute l'habileté de ces grands Politiques est de fasciner tellement les yeux de ceux dont ils ont besoin , que chacun croie travailler pour son intérêt en travaillant pour *le leur* : je dis *le leur* , si tant est qu'en effet le véritable intérêt des Chefs soit d'anéantir les Peuples pour les soumettre , & de ruiner leur propre bien pour s'en assurer la possession.

Mais quand les Citoyens aiment leur devoir , & que les Dépositaires de l'autorité publique s'appliquent sincérement à nourrir cet amour par leur exemple & par leurs soins, toutes les difficultés s'évanouissent, l'administration prend une facilité qui la dispense de cet art ténébreux dont la noirceur fait tout le mystere. Ces esprits vastes, si dangereux & si admirés, tous ces grands Ministres dont la gloire se confond avec les malheurs du Peuple, ne sont plus regrettés ; les mœurs publiques suppléent au génie des Chefs ; & plus la vertu regne, moins les talents sont nécessaires. L'ambition même est mieux servie par le devoir que par l'usurpation : le Peuple convaincu que ses Chefs ne travaillent qu'à faire son bonheur, les dispense par sa déférence de travailler à affermir leur pouvoir ; & l'histoire nous montre en mille endroits que l'autorité qu'il accorde à ceux qu'il aime & dont il est aimé, est cent fois plus absolue que toute la tyrannie des Usurpateurs. Ceci ne signifie pas que le Gouvernement doive craindre d'user de son pouvoir, mais qu'il n'en doit user que d'une maniere légitime. On trouvera dans l'histoire mille exemples de Chefs ambitieux ou pusillanimes, que la molesse ou l'orgueil ont perdus, aucun qui se soit mal trouvé de n'être qu'équitable. Mais on ne doit pas confondre la négligence avec la modération, ni la douceur avec la foiblesse. Il faut être sévere pour être juste : souffrir la méchanceté qu'on a le droit & le pouvoir de réprimer, c'est être méchant soi-même.

Ce n'est pas assez de dire aux Citoyens,

ſoyez bons , il faut leur apprendre à l'être ;
& l'exemple même, qui eſt à cet égard la premiere leçon , n'eſt pas le ſeul moyen qu'il
faille employer : l'amour de la patrie eſt le plus
efficace ; car comme je l'ai déjà dit, tout homme eſt vertueux quand ſa volonté particuliere
eſt conforme en tout à la volonté générale ; &
nous voulons volontiers ce que veulent les
gens que nous aimons.

Il ſemble que le ſentiment de l'humanité s'é-
vapore & s'affoibliſſe en s'étendant ſur toute
la terre , & que nous ne ſaurions être tou-
chés des calamités de la Tartarie ou du Ja-
pon, comme de celles d'un Peuple Européen.
Il faut en quelque maniere borner & compri-
mer l'intérêt & la commiſération pour lui
donner de l'activité. Or comme ce pen-
chant en nous ne peut être utile qu'à ceux
avec qui nous avons à vivre , il eſt bon que
l'humanité concentrée entre les Concitoyens , prenne en eux une nouvelle force par
l'habitude de ſe voir, & par l'intérêt commun
qui les réunit. Il eſt certain que les plus
grands prodiges de vertu ont été produits par
l'amour de la patrie : ce ſentiment doux &
vif qui joint la force de l'amour-propre à
toute la beauté de la vertu , lui donne une
énergie qui , ſans la défigurer , en fait
la plus héroïque de toutes les paſſions. C'eſt
lui qui produiſit tant d'actions immortelles
dont l'éclat éblouit nos foibles yeux, & tant
de grands hommes dont les antiques vertus
paſſent pour des fables depuis que l'amour

de la patrie est tourné en dérision. Ne nous
en étonnons pas , les transports des cœurs
tendres paroissent autant de chimeres à quiconque ne les a point sentis ; & l'amour de
la patrie, plus vif & plus délicieux cent fois
que celui d'une maîtresse , ne se conçoit de
même qu'en l'éprouvant : mais il est aisé de
remarquer dans tous les cœurs qu'il échauffe,
dans toutes les actions qu'il inspire , cette ar-
deur bouillante & sublime dont ne brille pas
la plus pure vertu quand elle en est séparée.
Osons opposer *Socrate* même à *Caton* : l'un
étoit plus Philosophe, & l'autre plus Citoyen.
Athenes étoit déja perdue , & *Socrate* n'a-
voit plus de patrie que le monde entier :
Caton porta toujours la sienne au fond de
son cœur : il ne vivoit que pour elle , il ne
put lui survivre. La vertu de *Socrate* est celle
du plus sage des hommes : mais entre *César*
& *Pompée* , *Caton* semble un Dieu parmi
des mortels. L'un instruit quelques particuliers , combat les Sophistes , & meurt pour
la vérité : l'autre défend l'Etat, la liberté,
les loix contre les Conquérants du Monde ,
& quitte enfin la terre quand il n'y voit
plus de patrie à servir. Un digne éleve de
Socrate seroit le plus vertueux de ses con-
temporains : un digne émule de *Caton* en seroit le plus grand. La vertu du premier feroit
son bonheur ; le second chercheroit son bonheur dans celui de tous. Nous serions instruits
par l'un & conduits par l'autre ; & cela seul
décideroit de la préférence : car on n'a jamais

fait un peuple de sages ; mais il n'est pas impossible de rendre un peuple heureux.

Voulons-nous que les peuples soient vertueux ? Commençons donc par leur faire aimer la patrie ; mais comment l'aimeront-ils, si la patrie n'est rien de plus pour eux que pour des étrangers, & qu'elle ne leur accorde que ce qu'elle ne peut refuser à personne ? Ce seroit bien pis s'ils n'y jouissoient pas même de la sûreté civile, & que leurs biens, leur vie ou leur liberté fussent à la discrétion des hommes puissans, sans qu'il leur fût possible ou permis d'oser réclamer les loix. Alors soumis aux devoirs de l'état civil, sans jouir même des droits de l'état de nature, & sans pouvoir employer leurs forces pour se défendre, ils seroient par conséquent dans la pire condition où se puissent trouver des hommes libres, & le mot de *Patrie* ne pourroit avoir pour eux qu'un sens odieux, ridicule. Il ne faut pas croire que l'on puisse offenser ou couper un bras, que la douleur ne s'en porte à la tête; & il n'est pas plus croyable que la volonté générale consente qu'un membre de l'Etat quel qu'il soit, en blesse ou détruise un autre, qu'il ne l'est que les doigts d'un homme usant de sa raison aillent lui crever les yeux. La sûreté particuliere est tellement liée avec la confédération publique, que sans les égards que l'on doit à la foiblesse humaine, cette convention seroit dissoute par le droit, s'il périssoit dans l'Etat un seul Citoyen qu'on eût pu secourir, si l'on en retenoit à tort un seul en prison, & s'il se perdoit un seul procès avec une injustice évidente : car les conventions fondamentales étant enfreintes, on ne voit plus quel droit ni quel intérêt pourroit maintenir le peuple dans l'union sociale, à moins qu'il n'y fût retenu par la seule force qui fait la dissolution de l'Etat civil.

En effet, l'engagement du corps de la Nation n'est-il pas de pourvoir à la conservation du dernier de ses membres avec autant de soin qu'à celle de tous les autres ? & le salut d'un Citoyen est-il moins la cause commune que celui de tout l'Etat ? Qu'on nous dise qu'il est bon qu'un seul périsse pour tous, j'admirerai cette sentence dans la bouche d'un digne & vertueux patriote qui se consacre volontairement & par devoir à la mort pour le salut de son pays : mais si l'on entend qu'il soit permis au Gouvernement de sacrifier un innocent au salut de la multitude, je tiens cette maxime pour une des plus exécrables que jamais la tyrannie ait inventée, la plus fausse qu'on puisse avancer, la plus dangereuse qu'on puisse admettre, & la plus directement opposée aux loix fondamentales de la société. Loin qu'un seul doive périr pour tous, tous ont engagé leurs biens & leurs vies à la défense de chacun d'eux, afin que la foiblesse particuliere fût toujours protégée par la force publique, & chaque membre

par tout l'Etat. Après avoir par supofition re-
tranché du peuple un individu après l'autre,
preffez les partifans de cette maxime à mieux
expliquer ce qu'ils entendent pas le *Corps de
l'Etat*, & vous verrez qu'ils le réduiront
à la fin à un petit nombre d'hommes qui ne
font pas le peuple, mais les Officiers du peuple ; & qui s'étant obligés par un ferment particulier à périr eux-mêmes pour fon falut,
prétendent prouver par-là que c'eft à lui de
périr pour le leur.

Veut-on trouver des exemples de la
protection que l'Etat doit à fes membres,
& du refpect qu'il doit à leurs perfonnes ?
ce n'eft que chez les plus illuftres & les
plus courageufes Nations de la terre qu'il
faut les chercher ; & il n'y a guere que les
Peuples libres où l'on fache ce que vaut un
homme. A Sparte, on fait en quelle per-
plexité fe trouvoit toute la République,
lorfqu'il étoit queftion de punir un Citoyen
coupable. En Macédoine, la vie d'un homme étoit une affaire fi importante, que
dans toute la grandeur d'*Alexandre*, ce
puiffant Monarque n'eût ofé de fang froid
faire mourir un Macédonien criminel, que
l'accufé n'eût comparu pour fe défendre
devant fes Concitoyens, & n'eût été con-
damné par eux. Mais les Romains fe dif-
tinguerent au - deffus de tous les Peuples
de la terre par les égards du Gouvernement
pour les particuliers , & par fon attention fcrupuleufe à refpecter les droits

inviolables de tous les membres de l'Etat. Il n'y avoit rien de si sacré que la vie des simples Citoyens : il ne falloit pas moins que l'assemblée de tout le Peuple pour en condamner un : le *Sénat* même ni les Consuls, dans toute leur majesté, n'en avoient pas le droit ; & chez le plus puissant peuple du monde, le crime & la peine d'un Citoyen étoit une désolation publique ; aussi parut-il si dur d'en verser le sang pour quelque crime que ce pût être, que par la loi *Porcia*, la peine de mort fut commuée en celle de l'exil, pour tous ceux qui voudroient survivre à la perte d'une si douce patrie. Tout respiroit à Rome & dans les armées cet amour des Concitoyens les uns pour les autres, & ce respect pour le nom Romain qui élevoit le courage & animoit la vertu de quiconque avoit l'honneur de le porter. Le chapeau d'un Citoyen délivré d'esclavage, la couronne civique de celui qui avoit sauvé la vie à un autre, étoit ce qu'on regardoit avec le plus de plaisir dans la pompe des triomphes ; & il est à remarquer que des couronnes dont on honoroit à la guerre les belles actions, il n'y avoit que la civique & celle des triomphateurs qui fussent d'herbe & de feuilles : toutes les autres n'étoient que d'or. C'est ainsi que Rome fut vertueuse, & devint la maîtresse du monde. Chefs ambitieux ! un Pâtre gouverne ses chiens & ses troupeaux, & n'est que le dernier des hommes. S'il est beau de commander, c'eſt quand ceux qui nous obéiſſent peuvent nous honorer : reſpectez donc vos Concitoyens, & vous vous rendrez reſpectables : reſpectez la liberté, & votre puiſſance augmentera tous les jours : ne paſſez jamais vos droits, & bientôt ils ſeront ſans bornes.

Que la patrie ſe montre donc la mere commune des Citoyens, que les avantages dont ils jouiſſent dans leur pays le leur rendent cher, que le Gouvernement leur laiſſe aſſez de part à l'adminiſtration publique pour ſentir qu'ils ſont chez eux, & que les loix ne ſoient à leurs yeux que les garants de la commune liberté. Ces droits, tout beaux qu'ils ſont, appartiennent à tous les hommes ; mais ſans paroître les attaquer directement, la mauvaiſe volonté des Chefs en réduit aiſément l'effet à rien. La loi dont on abuſe ſert à la fois au puiſſant d'arme offenſive, & de bouclier contre le foible ; & le prétexte du bien public eſt toujours le plus dangereux fléau du Peuple. Ce qu'il y a de plus néceſſaire, & peut-être de plus difficile dans le Gouvernement, c'eſt une intégrité ſévere à rendre juſtice à tous, & ſur-tout à protéger le pauvre contre la tyrannie du riche. Le plus grand mal eſt déja fait, quand on a des pauvres à défendre & des riches à contenir. C'eſt ſur la médiocrité ſeule que s'exerce toute la force des loix ; elles ſont également impuiſſantes contre les tréſors du riche & contre la miſere du pauvre : le premier les élude, le second leur échappe : l'un brife la toile, & l'autre paffe au travers.

C'eft donc une des plus importantes affaires du Gouvernement, de prévenir l'extrême inégalité des fortunes : non en enlevant les tréfors à leurs poffeffeurs, mais en ôtant à tous les moyens d'en accumuler : non en bâtiffant des hôpitaux pour les pauvres, mais en garantiffant les Citoyens de le devenir. Les hommes inégalement diftribués fur le territoire, & entaffés dans un lieu, tandis que les autres fe dépeuplent ; les arts d'agrément & de pure induftrie favorifés aux dépens des métiers utiles & pénibles ; l'agriculture facrifiée au commerce ; le Publicain rendu néceffaire par la mauvaife adminiftration des deniers de l'Etat ; enfin la vénalité pouffée à tel excès, que la confidération fe compte avec les piftoles, & que les vertus mêmes fe vendent à prix d'argent : telles font les caufes les plus fenfibles de l'opulence & de la mifere, de l'intérêt public, de la haine mutuelle des citoyens, de leur indifférence pour la caufe commune, de la corruption du Peuple, & de l'affoibliffement de tous les refforts du Gouvernement. Tels font par conféquent les maux qu'on guérit difficilement, quand ils fe font fentir ; mais qu'une fage adminiftration doit prévenir, pour maintenir avec les bonnes mœurs le refpect pour les loix, l'amour de la Patrie, & la vigueur de la volonté générale.

Mais toutes ces précautions seront insuffisantes, si l'on ne s'y prend de plus loin encore. Je finis cette partie de l'*Economie* publique , par-où j'aurois dû la commencer.
La Patrie ne peut subsister sans la liberté ,
ni la liberté sans la vertu , ni la vertu sans
les Citoyens : vous aurez tout si vous formez
des Citoyens : sans cela vous n'aurez que
de méchants esclaves, à commencer par les
Chefs de l'Etat. Or former des Citoyens
n'est pas l'affaire d'un jour ; & pour les
avoir hommes, il faut les instruire enfants.
Qu'on me dise que quiconque a des hommes à gouverner, ne doit pas chercher hors
de leur nature une perfection dont ils ne
sont pas susceptibles; qu'il ne doit pas vouloir détruire en eux les passions , & que
l'exécution d'un pareil projet ne seroit pas
plus désirable que possible. Je conviendrai
d'autant mieux de tout cela, qu'un homme
qui n'auroit point de passions seroit certainement un fort mauvais Citoyen : mais il faut
convenir aussi que si l'on n'apprend point
aux hommes à n'aimer rien , il n'est pas
impossible de leur apprendre à aimer un objet plutôt qu'un autre, & ce qui est véritablement beau , plutôt que ce qui est difforme. Si, par exemple, on les exerce assez tôt à ne jamais regarder leur individu
que par ses relations avec le corps de l'Etat,
& à n'appercevoir , pour ainsi dire , leur
propre existence que comme une partie de
la sienne, ils pourront parvenir enfin à s'i

dentifier en quelque forte avec ce plus grand tout, à fe fentir membres de la Patrie, à l'aimer de ce fentiment exquis que tout homme ifolé n'a que pour foi-même, à élever perpétuellement leur ame à ce grand objet, & à transformer ainfi en une vertu fublime, cette difpofition dangereufe d'où naiffent tous nos vices. Non-feulement la Philofophie démontre la poffibilité de ces nouvelles directions, mais l'hiftoire en fournit mille exemples éclatants : s'ils font fi rares parmi nous, c'eft que perfonne ne fe foucie qu'il y ait des Citoyens, & qu'on s'avife encore moins de s'y prendre affez tot pour les former. Il n'eft plus temps de changer nos inclinations naturelles quand elles ont pris leur cours, & que l'habitude s'eft jointe à l'amour-propre : il n'eft plus temps de nous tirer hors de nous-mêmes, quand une fois le *Moi humain* concentré dans nos cœurs y a acquis cette méprifable activité qui abforbe toute vertu & fait la vie des petites ames. Comment l'amour de la Patrie pourroit-il germer au milieu de tant d'autres paffions qui l'étouffent ? & que refte-t-il pour les Concitoyens, d'un cœur déjà partagé entre l'avarice, une maîtreffe, & la vanité ?

C'eft du premier moment de la vie qu'il faut apprendre à mériter de vivre ; & comme on participe en naiffant aux droits des Citoyens, l'inftant de notre naiffance doit être le commencement de l'exercice de nos devoirs. S'il y a des loix pour l'âge mûr, il doit y en avoir pour l'enfance, qui enseignent à obéir aux autres; & comme on ne laisse pas la raison de chaque homme unique arbitre de ses devoirs, on doit d'autant moins abandonner aux lumieres & aux préjugés des peres l'éducation de leurs enfants, qu'elle importe à l'Etat encore plus qu'aux peres : car selon le cours de la nature, la mort du pere lui dérobe souvent les derniers fruits de cette éducation ; mais la patrie en sent tôt ou tard les effets : l'Etat demeure & la famille se dissout. Que si l'autorité publique, en prenant la place des peres, & se chargeant de cette importante fonction, acquiert leurs droits en remplissant leurs devoirs, ils ont d'autant moins sujet de s'en plaindre, qu'à cet égard ils ne font proprement que changer de nom, & qu'ils auront en commun, sous le nom de Citoyens, la même autorité sur leurs enfants qu'ils exerçoient séparément sous le nom de peres, & n'en seront pas moins obéis en parlant au nom de la loi, qu'ils l'étoient en parlant au nom de la nature. L'éducation publique, sous des regles prescrites par le Gouvernement, & sous des Magistrats établis par le Souverain, est donc une des maximes fondamentales du Gouvernement populaire ou légitime. Si les enfants sont élevés en commun dans le sein de l'égalité, s'ils sont imbus des loix de l'Etat & des maximes de la volonté générale,

s'ils font inftruits a les refpecter par-deffus
toutes chofes, s'ils font environnés d'exemples & d'objets qui leur parlent fans ceffe
de la tendre mere qui les nourrit, de l'amour
qu'elle a pour eux, des biens ineftimables
qu'ils reçoivent d'elle, & du retour qu'ils
lui doivent, ne doutons pas qu'ils n'appren-
nent ainfi à fe chérir mutuellement comme des freres, à ne vouloir jamais que ce
que veut la Société, à fubftituer des actions
d'hommes & de Citoyens au ftérile & vain
babil des Sophiftes, & à devenir un jour les
défenfeurs & les peres de la Patrie, dont
ils auront été fi long-temps les enfants.

Je ne parlerai point des Magiftrats deftinés à préfider à cette éducation, qui certainement eft la plus importante affaire de
l'Etat. On fent que fi de telles marques de
la confiance publique étoient légérement
accordées, fi cette fonction fublime n'étoit
pour ceux qui auroient dignement rempli
toutes les autres, le prix de leurs travaux,
l'honorable & doux repos de leur vieilleffe
& le comble de tous les honneurs, toute
l'entreprife feroit inutile & l'éducation fans
fuccès; car par-tout où la leçon n'eft pas
foutenue par l'autorité, & le précepte par
l'exemple, l'inftruction demeure fans fruit,
& la vertu même perd fon crédit dans la
bouche de celui qui ne la pratique pas. Mais
que des Guerriers illuftres, courbés fous le
faix de leurs lauriers, prêchent le courage;
que des Magiftrats integres, blanchis dans

la pourpre & fur les tribunaux, enfeignent la juftice, les uns & les autres fe formeront ainfi de vertueux fucceffeurs, & tranfmettront d'âge en âge aux générations fuivantes, l'expérience & les talents des Chefs, le courage & la vertu des Citoyens, & l'émulation commune à tous de vivre & de mourir pour la patrie.

Je ne fache que trois peuples qui aient autrefois pratiqué l'éducation publique; favoir les Crétois, les Lacédémoniens & les anciens Perfes. Chez tous les trois elle eut le plus grand fuccès, & fit des prodiges chez les deux derniers. Quand le monde s'eft trouvé divifé en nations trop grandes pour pouvoir être bien gouvernées, ce moyen n'a plus été praticable, & d'autres raifons que le lecteur peut voir aifément, ont encore empêché qu'il n'ait été tenté chez aucun Peuple moderne. C'eft une chofe très-remarquable que les Romains aient pu s'en paffer; mais Rome fut durant cinq cens ans un miracle continuel que le monde ne doit plus efpérer de revoir. La vertu des Romains engendrée par l'horreur de la tyrannie & des crimes des tyrans, & par l'amour inné de la patrie, fit de toutes les maifons de Rome autant d'écoles de Citoyens : & le pouvoir fans bornes des peres fur leurs enfants, mit tant de févérité dans la police particuliere, que le pere, plus craint que les Magiftrats, étoit dans fon tribunal domeftique le cenfeur des mœurs & le vengeur des loix.

C'eft

C'est ainsi qu'un gouvernement attentif & bien intentionné, veillant sans cesse à maintenir ou rappeller chez les peuples l'amour de la patrie & les bonnes mœurs, prévient de loin les maux qui résultent tôt ou tard de l'indifférence des Citoyens pour le sort de la république, & contient dans d'étroites bornes cet intérêt personnel qui isole tellement les particuliers, que l'Etat s'affoiblit par leur puissance & n'a rien à espérer de leur bonne volonté. Par-tout où le peuple aime son pays, respecte les loix & vit simplement, il reste peu de choses à faire pour le rendre heureux; & dans l'administration publique, où la fortune a moins part qu'au sort des particuliers, la sagesse est si près du bonheur que ces deux objets se confondent.

Ce n'est pas assez d'avoir des Citoyens & de les protéger, il faut encore songer à leur subsistance : pourvoir aux besoins publics, est une suite évidente de la volonté générale, & le troisieme devoir essentiel du gouvernement. Ce devoir n'est pas, comme on doit le sentir, de remplir les greniers des particuliers & les dispenser du travail : mais de maintenir l'abondance tellement à leur portée, que pour l'acquérir, le travail soit toujours nécessaire & ne soit jamais inutile. Il s'étend aussi à toutes les opérations qui regardent l'entretien du fisc, & les dépenses de l'administration publique. Ainsi, après avoir parlé de l'*Economie*

générale par rapport au gouvernement des
personnes , il nous reste à la considérer par
rapport à l'administration des biens.

Cette partie n'offre pas moins de difficultés à résoudre , ni de contradictions à le-
ver que la précédente. Il est certain que le
droit de propriété est le plus sacré de tous
les droits des Citoyens , & plus important
à certains égards que la liberté même : soit
parce qu'il tient de plus près à la conservation de la vie , soit parce que les biens étant
plus faciles à usurper & plus pénibles à défendre que la personne , on doit plus respecter ce qui se peut ravir plus aisément ;
soit enfin parce que la propriété est le vrai
fondement de la société civile , & le vrai
garant des engagements des Citoyens : car
si les biens ne répondoient pas des personnes , rien ne seroit si facile que d'éluder
ses devoirs & de se moquer des loix. D'un
autre coté , il n'est pas moins sûr que le
maintien de l'Etat & du Gouvernement
exige des frais & de la dépense : & comme quiconque accorde la fin ne peut refuser les moyens , il s'ensuit que les membres de la Société doivent contribuer de
leurs biens à son entretien. De plus, il est
difficile d'assurer d'un côté la propriété des
particuliers sans l'attaquer d'un autre , & il
n'est pas possible que tous les réglements
qui regardent l'ordre des successions , les
testaments , les contrats , ne gênent les Citoyens à certains égards sur la disposition

de leur propre bien, & par conséquent sur leurs droits de propriété.

Mais outre ce que j'ai dit ci-devant de l'accord qui regne entre l'autorité de la loi & la liberté du Citoyen, il y a par rapport à la disposition des biens une remarque importante à faire, qui leve bien des difficultés. C'est, comme l'a montré *Puffendorff*, que par la nature du droit de propriété, il ne s'étend point au-delà de la vie du propriétaire, & qu'à l'instant qu'un homme est mort, son bien ne lui appartient plus. Ainsi lui prescrire les conditions sous lesquelles il en peut disposer, c'est au fond moins altérer son droit en apparence, que l'étendre en effet.

En général, quoique l'institution des loix qui reglent le pouvoir des particuliers dans la disposition de leur propre bien n'appartienne qu'au Souverain, l'esprit de ces loix que le Gouvernement doit suivre dans leur application, est que de pere en fils & de proche en proche, les biens de la famille en sortent & s'alienent le moins qu'il est possible. Il y a une raison sensible de ceci en faveur des enfants, à qui le droit de propriété seroit fort inutile, si le pere ne leur laissoit rien, & qui de plus ayant souvent contribué par leur travail à l'acquisition des biens du pere, sont de leur chef associés à son droit. Mais une autre raison plus éloignée & non moins importante, est que rien n'est plus funeste aux mœurs & à

la république, que les changements conti-
nuels d'état & de fortune entre les Citoyens ; changements qui font la preuve &
la fource de mille défordres, qui boulever-
fent & confondent tout, & par lefquels
ceux qui font élevés pour une chofe fe trou-
vant deftinés pour une autre, ni ceux qui
montent, ni ceux qui defcendent, ne peuvent
prendre les maximes ni les lumieres conve-
nables à leur nouvel état, & beaucoup moins
en remplir les devoirs. Je paffe à l'objet des
Finances publiques.

Si le peuple fe gouvernoit lui-même, &
qu'il n'y eût rien d'intermédiaire entre l'adminiftration de l'Etat & les Citoyens, ils
n'auroient qu'à fe cottifer dans l'occafion,
à proportion des befoins publics & des facultés des particuliers ; & comme chacun
ne perdroit jamais de vue le recouvrement
ni l'emploi des deniers, il ne pourroit fe
glifler ni fraude, ni abus dans leur manie-
ment : l'Etat ne feroit jamais obéré de det-
tes, ni le peuple accablé d'impôts ; ou du
moins la certitude de l'emploi le confole-
roit de la dureté de la taxe. Mais les chofes
ne fauroient aller ainfi : & quelque borné
que foit un Etat, la Société civile y eft
toujours trop nombreufe pour pouvoir être
gouvernée par tous fes membres. Il faut
néceffairement que les deniers publics
paffent par les mains des Chefs, lefquels,
outre l'intérêt de l'Etat, ont tous le
leur particulier, qui n'eft pas le dernier

écouté. Le peuple de son côté, qui s'apperçoit plutôt de l'avidité des Chefs, & de leurs folles dépenses, que des besoins publics, murmure de se voir dépouiller du nécessaire pour fournir au superflu d'autrui; & quand une fois ces manœuvres l'ont aigri jusqu'à certain point, la plus integre administration ne viendroit pas à bout de rétablir la confiance. Alors, si les contributions sont volontaires, elles ne produisent rien; si elles sont forcées, elles sont illégitimes; & c'est dans cette cruelle alternative de laisser périr l'Etat ou d'attaquer le droit sacré de la propriété, qui en est le soutien, que consiste la difficulté d'une juste & sage *Economie.*

La premiere chose que doit faire, après l'établissement des loix, l'Instituteur d'une république, c'est de trouver un fonds suffisant pour l'entretien des Magistrats, & autres Officiers, & pour toutes les dépenses publiques. Ce fonds s'appelle *Ærarium* ou *Fisc,* s'il est en argent; *Domaine public,* s'il est en terres; & ce dernier est de beaucoup préférable à l'autre, par des raisons faciles à voir. Quiconque aura suffisamment réfléchi sur cette matiere, ne pourra guere être à cet égard d'un autre avis que *Bodin,* qui regarde le domaine public comme le plus honnête & le plus sûr de tous les moyens de pourvoir aux besoins de l'Etat; & il est à remarquer que le premier soin de *Romulus* dans la division des terres, fut d'en destiner le tiers à cet usage. J'avoue qu'il n'est pas impossible que le produit du domaine mal administré, se réduise à rien ; mais il n'est pas de l'essence du domaine d'être mal administré.

Préalablement à tout emploi, ce fonds doit être assigné ou accepté par l'assemblée du peuple ou des Etats du pays, qui doit ensuite en déterminer l'usage. Après cette solemnité, qui rend ces fonds inaliénables, ils changent, pour ainsi dire, de nature ; & leurs revenus deviennent tellement sacrés, que c'est non-seulement le plus infame de tous les vols, mais un crime de leze-majesté que d'en détourner la moindre chose au préjudice de leur destination. C'est un grand déshonneur pour Rome que l'intégrité du Questeur *Caton* y ait été un sujet de remarque, & qu'un Empereur, récompensant de quelques écus le talent d'un chanteur, ait eu besoin d'ajouter que cet argent venoit du bien de sa famille, & non de celui de l'Etat. Mais s'il se trouve peu de *Galba*, où chercherons-nous des *Caton* ? & quand une fois le vice ne déshonorera plus, quels seront les Chefs assez scrupuleux pour s'abstenir de toucher aux revenus publics abandonnés à leur discrétion, & pour ne pas s'en imposer bientot à eux-mêmes, en affectant de confondre leurs vaines & scandaleuses dissipations avec la gloire de l'Etat, & les moyens d'étendre leur autorité avec ceux d'augmenter sa puissance ? C'est sur-tout en cette délicate partie de l'administration que la vertu est le seul instrument efficace, & que l'intégrité du Magistrat est le seul frein capable de contenir son avarice. Les Livres & tous les comptes des Régisseurs servent moins à déceler leurs infidélités qu'a les couvrir, & la prudence n'est jamais aussi prompte à imaginer de nouvelles précautions que la friponnerie à les éluder. Laissez donc les registres & papiers, & remettez les finances en des mains fidelles, c'est le seul moyen qu'elles soient fidelement régies.

Quand une fois les fonds publics sont établis, les Chefs de l'Etat en sont de droit les Administrateurs; car cette administration fait une partie du gouvernement toujours essentielle, quoique non toujours également: son influence augmente à mesure que celle des autres ressorts diminue; & l'on peut dire qu'un gouvernement est parvenu à son dernier dégré de corruption, quand il n'a plus d'autre nerf que l'argent: or comme tout gouvernement tend sans cesse au relâchement, cette seule raison montre pourquoi nul Etat ne peut subsister si ses revenus n'augmentent sans cesse.

Le premier sentiment de la nécessité de cette augmentation, est aussi le premier signe du désordre intérieur de l'Etat; & le sage Administrateur, en songeant à trouver de l'argent pour pourvoir au besoin présent, ne néglige pas de rechercher la cause éloi-

gnée de ce nouveau befoin : comme un ma-
rin, voyant l'eau gagner fon vaiffeau, n'ou-
blie pas, en faifant jouer les pompes, de faire auffi chercher & boucher la voie.

De cette regle découle la plus importante
maxime de l'adminiftration des Finances,
qui eft de travailler avec beaucoup plus de
foin à prévenir les befoins qu'à augmenter
les revenus. De quelque diligence qu'on
puiffe ufer, le fecours qui ne vient qu'après
le mal, & plus lentement, laiffe toujours
l'Etat en fouffrance : tandis qu'on fonge à
remédier à un inconvénient, un autre fe
fait déjà fentir, & les reffources mêmes
produifent de nouveaux inconvéniens : de
forte qu'à la fin la nation s'obere, le peuple eft foulé, le gouvernement perd toute
fa vigueur, & ne fait plus que peu de chofe
avec beaucoup d'argent. Je crois que de
cette grande maxime bien établie, décou-
loient les prodiges des gouvernemens anciens, qui faifoient plus avec leur parfimo-
nie, que les notres avec tous leurs tréfors ;
& c'eft peut-être delà qu'eft dérivée l'ac-
ception vulgaire du mot d'*Economie*, qui
s'entend plutot du fage ménagement de ce
qu'on a, que des moyens d'acquérir ce que
l'on n'a pas.

Indépendamment du domaine public, qui
rend à l'Etat à proportion de la probité de
ceux qui le régiffent, fi l'on connoiffoit affez
toute la force de l'adminiftration générale,
fur-tout quand elle fe borne aux moyens légitimes,

gitimes, on feroit étonné des reffources qu'ont les Chefs pour prévenir tous les befoins publics, fans toucher aux biens des particuliers. Comme ils font les maîtres de tout le commerce de l'Etat, rien ne leur eft fi facile que de le diriger d'une maniere qui pourvoie à tout, fouvent fans qu'ils paroiffent s'en mêler. La diftribution des denrées, de l'argent & des marchandifes par de juftes proportions, felon les temps & les lieux, eft le vrai fecret des Finances & la fource de leurs richeffes, pourvu que ceux qui les adminiftrent fachent porter leur vue affez loin & faire dans l'occafion une perte apparente & prochaine pour avoir réellement des profits immenfes dans un temps éloigné. Quand on voit un Gouvernement payer des droits, loin d'en recevoir, pour la fortie des bleds dans les années d'abondance & pour leur introduction dans les années de difette, on a befoin d'avoir de tels faits fous les yeux pour les croire véritables, & on les mettroit au rang des romans, s'ils fe fuffent paffés anciennement. Suppofons que pour prévenir la difette dans les mauvaifes années, on propofât d'établir des Magafins publics; dans combien de pays l'entretien d'un établiffement fi utile ne ferviroit-il pas de prétexte à de nouveaux impôts? A Geneve, ces greniers établis & entretenus par une fage adminiftration, font la reffource publique dans les mauvaifes années, & le principal revenu de l'Etat dans tous les temps ; *Alit & ditat*, c'est la belle & juste inscription qu'on lit sur la façade de l'édifice. Pour exposer ici le système économique d'un bon Gouvernement, j'ai souvent tourné les yeux sur celui de cette République : heureux de trouver ainsi dans ma patrie l'exemple de la sagesse & du bonheur que je voudrois voir régner dans tous les pays.

Si l'on examine comment croissent les besoins d'un Etat, on trouvera que souvent cela arrive à peu près comme chez les particuliers, moins par une véritable nécessité que par un accroissement de désirs inutiles, & que souvent on n'augmente la dépense que pour avoir un prétexte d'augmenter la recette ; de sorte que l'Etat gagneroit quelquefois à se passer d'être riche, & que cette richesse apparente lui est au fond plus onéreuse que ne seroit la pauvreté même. On peut espérer, il est vrai, de tenir les peuples dans une dépendance plus étroite, en leur donnant d'une main ce qu'on leur a pris de l'autre, & ce fut la politique dont usa *Joseph* avec les Egyptiens ; mais ce vain sophisme est d'autant plus funeste à l'Etat, que l'argent ne rentre plus dans les mêmes mains d'où il est sorti ; & qu'avec de pareilles maximes, on n'enrichit que des fainéans, de la dépouille des hommes utiles.

Le goût des conquêtes est une des causes les plus sensibles & les plus dangereuses de

cette augmentation. Ce goût, engendré
souvent par une autre espece d'ambition que
celle qu'il semble annoncer, n'est pas toujours ce qu'il paroît être, & n'a pas tant
pour véritable motif le désir apparent d'a-
grandir la Nation, que le désir caché d'augmenter au-dedans l'autorité des Chefs, à
l'aide de l'augmentation des Troupes, &
à la faveur de la diversion que font les objets de la guerre dans l'esprit des Citoyens.

Ce qu'il y a du moins de très-certain,
c'est que rien n'est si foulé ni si misérable
que les Peuples conquérants, & que leurs
succès mêmes ne font qu'augmenter leurs
miseres : quand l'histoire ne nous l'appren-
droit pas, la raison suffiroit pour nous dé-
montrer que plus un Etat est grand, & plus
les dépenses y deviennent proportionnel-
lement fortes & onéreuses : car il faut que
toutes les Provinces fournissent leur contingent, aux frais de l'administration générale, & que chacune outre cela, fasse
pour la sienne particuliere, la même dépense que si elle étoit indépendante. Ajou-
tez que toutes les fortunes se font dans
un lieu & se consument dans un autre ;
ce qui rompt bientôt l'équilibre du produit & de la consommation, & appau-
vrit beaucoup de Pays pour enrichir une
seule Ville.

Autre source de l'augmentation des besoins publics, qui tient à la précédente.
Il peut venir un temps où les Citoyens ne

se regardant plus comme intéressés à la
cause commune, cesseroient d'être les Défenseurs de la Patrie, & où les Magistrats
aimeroient mieux commander à des mercenaires qu'à des hommes libres, ne fût-
ce qu'afin d'employer en temps & lieu les
premiers pour mieux assujettir les autres.
Tel fut l'Etat de Rome sur la fin de la
République & sous les Empereurs : car toutes les victoires des premiers Romains, de
même que celles d'*Alexandre*, avoient
été remportées par de braves Citoyens,
qui savoient donner au besoin leur sang
pour la Patrie, mais qui ne le vendoient jamais. Ce ne fut qu'au *Siege de
Veïes* qu'on commença de payer l'Infanterie Romaine. *Marius* fut le premier qui,
dans la guerre de *Jugurtha*, déshonora les
Légions, en y introduisant des affranchis,
des vagabonds & autres mercenaires. Devenus les ennemis des Peuples qu'ils s'étoient chargés de rendre heureux, les Tyrans établirent des Troupes réglées, en apparence pour contenir l'Etranger, & en
effet pour opprimer l'habitant. Pour former ces troupes, il fallut enlever à la terre des Cultivateurs, dont le défaut diminua la quantité des denrées, & dont l'entretien introduisit des impôts qui en augmenterent le prix. Ce premier désordre fit
murmurer les Peuples : il fallut pour les
réprimer multiplier les Troupes, & par
conséquent la misere, & plus le désespoir

augmentoit , & plus l'on se voyoit contraint de l'augmenter encore pour en prévenir les effets. D'un autre coté ces mercenaires , qu'on pouvoit estimer sur le prix auquel ils se vendoient eux-mêmes , fiers de leur avilissement , méprisant les loix dont ils étoient protégés , & leurs freres dont ils mangeoient le pain , se crurent plus honorés d'être les Satellites de *César* que les défenseurs de Rome ; & dévoués à une obéissance aveugle , tenoient par état le poignard levé sur leurs Concitoyens , prêts à tout égorger au premier signal. Il ne seroit pas difficile de montrer que ce fut là une des principales causes de la ruine de l'Empire Romain.

L'invention de l'artillerie & des fortifications a forcé de nos jours les Souverains de l'Europe à rétablir l'usage des troupes réglées, pour garder leurs places ; mais avec des motifs plus légitimes : il est à craindre que l'effet n'en soit également funeste. Il n'en faudra pas moins dépeupler les campagnes pour former les armées & les garnisons ; pour les entretenir il n'en faudra pas moins fouler les peuples, & ces dangereux établissements s'accroissent depuis quelque temps avec une telle rapidité dans tous nos climats , qu'on n'en peut prévoir que la dépopulation prochaine de l'Europe, & tôt ou tard la ruine des peuples qui l'habitent.

Quoi qu'il en soit, on doit voir que de

telles inftitutions renverfent néceffairement
le vrai fyftême économique qui tire le principal revenu de l'Etat du Domaine public,
& ne laiffe que la reffource fâcheufe des
fubfides & des impôts, dont il me refte à
parler.

Il faut fe reffouvenir ici que le fondement du pacte focial eft la propriété; & fa
premiere condition, que chacun foit main-
tenu dans la paifible jouiffance de ce qui
lui appartient. Il eft vrai que par le même
traité chacun s'oblige, au moins tacite-
ment, à fe cottifer dans les befoins publics;
mais cet arrangement ne pouvant nuire à
la loi fondamentale, & fuppofant l'évi-
dence du befoin reconnue par les contri-
buables, on voit que pour être légitime,
cette cottifation doit être volontaire, non
d'une volonté particuliere comme s'il étoit
néceffaire d'avoir le confentement de chaque citoyen, & qu'il ne dût fournir que
ce qu'il lui plaît, ce qui feroit directement
contre l'efprit de la confédération; mais
d'une volonté générale, à la pluralité des
voix & fur un tarif proportionnel qui ne
laiffe rien d'arbitraire à l'impofition.

Cette vérité que les impôts ne peuvent
être établis légitimement que du confentement du peuple ou de fes repréfentants, a
été reconnue généralement de tous les Philofophes & Jurifconfultes qui fe font acquis
quelque réputation dans les matieres de
droit politique, fans en excepter *Bodin*

même. Si quelques-uns ont établi des maximes contraires en apparence, outre qu'il
est aisé de voir les motifs particuliers qui
les y ont portés; ils y mettent tant de conditions & de restrictions, qu'au fond la
chose revient exactement au même; car
que le peuple puisse refuser, ou que le
Souverain ne doive pas exiger, cela est in-
différent quant au droit; & s'il n'est question que de la force, c'est la chose la plus
inutile que d'examiner ce qui est légitime
ou non.

Les contributions qui se levent sur le
peuple sont de deux sortes; les unes réel-
les, qui se perçoivent sur les choses; les
autres personnelles, qui se paient par tête. On donne aux unes & aux autres le
nom d'*impôts* ou de *subsides*; quand le
peuple fixe la somme qu'il accorde, elle
s'appelle *subside*; quand il accorde tout le
produit d'une taxe, alors c'est un *impôt*.
On trouve dans le livre de l'*Esprit des
Loix*, que l'imposition par tête est plus
propre à la servitude, & la taxe réelle plus
convenable à la liberté. Cela seroit incon-
testable, si les contingens par tête étoient
égaux; car il n'y auroit rien de plus dis-
proportionné qu'une pareille taxe, & c'est
sur-tout dans les proportions exactement
observées, que consiste l'esprit de la liberté. Mais si la taxe par tête est exactement
proportionnée aux moyens des particuliers
comme pourroit être celle qui porte en

France le nom de *Capitation*, & qui de
cette maniere eſt à la fois réelle & perſon-
nelle, elle eſt la plus équitable, & par
conſéquent la plus convenable à des hommes libres. Ces proportions paroiſſent d'a-
bord très-faciles à obſerver, parce qu'étant
relatives à l'état que chacun tient dans le
monde, les indications ſont toujours publiques; mais outre que l'avarice, le crédit & la fraude ſavent éluder juſqu'à l'é-
vidence, il eſt rare que l'on tienne compte
dans ces calculs, de tous les éléments qui
doivent y entrer. Premiérement on doit
conſidérer le rapport des quantités, ſelon
lequel, toutes choſes égales, celui qui a
dix fois plus de bien qu'un autre, doit
payer dix fois plus que lui. Secondement,
le rapport des uſages, c'eſt-à-dire, la diſ-
tinction du néceſſaire & du ſuperflu. Celui qui n'a que le ſimple néceſſaire, ne doit
rien payer du tout; la taxe de celui qui a
du ſuperflu, peut aller au beſoin juſques à
la concurrence de tout ce qui excede ſon
néceſſaire. A cela il dira qu'eu égard à ſon
rang, ce qui ſeroit ſuperflu pour un homme inférieur, eſt·néceſſaire pour lui; mais
c'eſt un menſonge : car un grand a deux
jambes ainſi qu'un bouvier, & n'a qu'un
ventre non plus que lui. De plus ce prétendu
néceſſaire eſt ſi peu néceſſaire à ſon rang,
que s'il ſavoit y renoncer pour un ſujet loua-
ble, il n'en ſeroit que plus reſpecté. Le

peuple se prosterneroit devant un Ministre qui iroit au Conseil à pied, pour avoir vendu ses carrosses dans un pressant besoin de l'Etat. Enfin la loi ne prescrit la magnificence à personne, & la bienséance n'est jamais une raison contre le droit.

Un troisieme rapport, qu'on ne compte jamais, & qu'on devroit toujours compter le premier, est celui des utilités que chacun retire de la confédération sociale, qui protege fortement les immenses possessions du riche, & laisse à peine un misérable jouir de la chaumiere qu'il a construite de ses mains. Tous les avantages de la société ne sont-ils pas pour les Puissants & les Riches ? tous les emplois lucratifs ne sont-ils pas remplis par eux seuls ? toutes les graces, toutes les exemptions ne leur sont-elles pas réservées ? & l'autorité publique n'est-elle pas toute en leur faveur ? Qu'un homme de considération vole ses créanciers, ou fasse d'autres friponneries, n'est-il pas toujours sûr de l'impunité ? Les coups de bâton qu'il distribue, les violences qu'il commet, les meurtres mêmes & les assassinats dont il se rend coupable, ne sont-ce pas des affaires qu'on assoupit, & dont au bout de six mois il n'est plus question ? Que ce même homme soit volé, toute la police est aussi-tôt en mouvement, & malheur aux innocents qu'il soupçonne. Passe-t-il dans un lieu dangereux ? voilà les escortes en campagne : l'essieu de sa chaise

vient-il à se rompre ? tout vole à son secours : fait-on du bruit à sa porte ? il dit
un mot, & tout se tait : la foule l'incom-
mode-t-elle ? il fait un signe, & tout se
range : un chartier se trouve-t-il sur son
passage ? ses gens sont prêts à l'assommer,
& cinquante honnêtes piétons allant à leurs
affaires, seroient plutôt écrasés qu'un faquin
oisif retardé dans son équipage. Tous ces
égards ne lui coûtent pas un sou ; ils sont
le droit de l'homme riche, & non le prix
de la richesse. Que le tableau du pauvre
est différent ! plus l'humanité lui doit, plus
la société lui refuse : toutes les portes lui
sont fermées, même quand il a le droit de
les faire ouvrir : & si quelquefois il obtient
justice, c'est avec plus de peine qu'un autre n'obtiendroit grace : s'il y a des corvées
à faire, une milice à tirer, c'est à lui qu'on
donne la préférence : il porte toujours, outre sa charge, celle dont son voisin plus
riche a le crédit de se faire exempter : au
moindre accident qui lui arrive, chacun
s'éloigne de lui : si sa pauvre charrette ren-
verse, loin d'être aidé par personne, je
le tiens heureux s'il évite en passant les ava-
nies des gens lestes d'un jeune Duc : en un
mot, toute assistance gratuite le fuit au besoin, précisément parce qu'il n'a pas de quoi
la payer : mais je le tiens pour un homme perdu, s'il a le malheur d'avoir l'ame honnête, une fille aimable, & un puissant
voisin.

Une autre attention non moins importante
à faire, c'est que les pertes des pauvres sont
beaucoup moins réparables que celles du riche, & que la difficulté d'acquérir croît toujours en raison du besoin. On ne fait rien
avec rien; cela est vrai dans les affaires comme en Physique: l'argent est la semence de
l'argent, & la premiere pistole est quelquefois plus difficile à gagner que le second mil-
lion. Il y a plus encore : c'est que tout ce que
le pauvre paie, est à jamais perdu pour lui,
& reste ou revient dans les mains du riche; &
comme c'est aux seuls hommes qui ont part
au Gouvernement, ou à ceux qui en appro-
chent, que passe tôt ou tard le produit des
impots, ils ont, même en payant leur
contingent, un intérêt sensible à les augmenter.

Résumons en quatre mots le pacte so-
cial des deux états. *Vous avez besoin de
moi, car je suis riche & vous êtes pauvre;
faisons donc un accord entre nous : je per-
mettrai que vous ayez l'honneur de me servir,
à condition que vous me donnerez le peu qui
vous reste, pour la peine que je prendrai de
vous commander.*

Si l'on combine avec soin toutes ces choses, on trouvera que pour répartir les taxes
d'une maniere équitable & vraiment propor-
tionnelle, l'imposition n'en doit pas être
faite seulement en raison des biens des contri-
buables, mais en raison composée de la différence de leurs conditions & du superflu de

leurs biens : opération très - importante &
très-difficile que font tous les jours des multi-
tudes de Commis, honnêtes gens & qui
savent l'arithmétique ; mais dont les
Platon & les *Montesquieu* n'eussent osé
se charger qu'en tremblant & en deman-
dant au Ciel des lumieres & de l'intégrité.

Un autre inconvénient de la taxe per-
sonnelle, c'est de se faire trop sentir, &
d'être levée avec trop de dureté, ce qui
n'empêche pas qu'elle ne soit sujette à beaucoup de non-valeurs : parce qu'il est plus aisé
de dérober au rôle & aux poursuites sa tête,
que ses possessions.

De toutes les autres impositions, le cens
sur les terres ou la taille réelle a toujours
passé pour la plus avantageuse dans le pays
où l'on a plus d'égard à la quantité du produit & à la sûreté du recouvrement qu'à
la moindre incommodité du Peuple. On a
même osé dire qu'il falloit charger le Paysan
pour éveiller sa paresse, & qu'il ne feroit
rien s'il n'avoit rien à payer. Mais l'expérience dément chez tous les Peuples du
monde cette maxime ridicule : c'est en Hol-
lande, en Angleterre où le Cultivateur
paie très-peu de chose, & sur-tout à la
Chine, où il ne paie rien, que la terre est le
mieux cultivée. Au contraire, par-tout où le
Laboureur se voit chargé à proportion du
produit de son champ, il le laisse en friche
ou n'en retire exactement que ce qu'il lui

faut pour vivre ; car, pour qui perd le fruit de sa peine, c'est gagner que de ne rien faire ; & mettre le travail à l'amende, est un moyen fort singulier de bannir la paresse.

De la taxe sur les terres ou sur le bled, surtout quand elle est excessive, résultent deux inconvéniens si terribles qu'ils doivent dépeupler & ruiner à la longue tous les pays où elle est établie.

Le premier vient du défaut de circulation des especes ; car le commerce & l'industrie attirent dans les Capitales tout l'argent de la campagne : & l'impôt détruisant la proportion qui pouvoit se trouver encore entre les besoins du Laboureur & le prix de son bled, l'argent vient sans cesse & ne retourne jamais ; plus la Ville est riche, plus le pays est misérable. Le produit des tailles passe des mains du Prince ou des Financiers dans celles des Artistes & des Marchands ; & le Cultivateur, qui n'en reçoit jamais que la moindre partie, s'épuise enfin en payant toujours également & recevant toujours moins. Comment voudroit-on que pût vivre un homme qui n'auroit que des veines & point d'arteres, ou dont les arteres ne porteroient le sang qu'à quatre doigts du cœur ? *Chardin* dit qu'en Perse les droits du Roi sur les denrées se paient aussi en denrées ; cet usage, qu'*Hérodote* témoigne avoir autrefois été pratiqué dans

le même pays jufqu'à *Darius* , peut prévenir le mal dont je viens de parler. Mais
à moins qu'en Perfe les Intendants , Di-
recteurs , Commis , & Gardes - Magafins
ne foient une autre efpece de gens que par-
tout ailleurs , j'ai peine à croire qu'il arrive jufqu'au Roi la moindre chofe de tous
ces produits , que les bleds ne fe gâtent
pas dans tous les greniers , & que le feu
ne confume pas la plupart des Magafins.

Le fecond inconvénient vient d'un avan-
tage apparent , qui laifle aggraver les
maux avant qu'on les apperçoive. C'eft
que le bled eft une denrée que les impôts
ne renchériffent point dans le pays qui l'a
produit , & dont , malgré fon abfolue
néceflité , la quantité diminue , fans que
le prix en augmente, ce qui fait que beaucoup de gens meurent de faim , quoique
le bled continue d'être à bon marché , &
que le Laboureur refte feul chargé de l'impôt qu'il n'a pu défalquer fur le prix de la
vente. Il faut bien faire attention qu'on ne
doit pas raifonner de la taille réelle comme
des droits fur toutes les Marchandifes qui en
font hauffer le prix, & font ainfi payés moins
par les Marchands que par les Acheteurs.
Car ces droits, quelque forts qu'ils puiflent
être , font pourtant volontaires , & ne font
payés par le Marchand qu'à proportion
des marchandifes qu'il achete ; & comme
il n'achete qu'à proportion de fon débit ,
il fait la loi au particulier. Mais le Labou-

reur qui, soit qu'il vende ou non, est contraint de payer à des termes fixes pour le terrein qu'il cultive, n'est pas le maître d'attendre qu'on mette à sa denrée le prix qu'il lui plaît; & quand il ne la vendroit pas pour s'entretenir, il seroit forcé de la vendre pour payer la taille, de sorte que c'est quelquefois l'énormité de l'imposition qui maintient la denrée à vil prix.

Remarquez encore que les ressources du commerce & de l'industrie, loin de rendre la taille plus supportable par l'abondance de l'argent, ne la rendent que plus onéreuse. Je n'insisterai point sur une chose très-évidente, savoir que si la plus grande ou moindre quantité d'argent dans un Etat, peut lui donner plus ou moins de crédit, au dehors elle ne change en aucune maniere la fortune réelle des Citoyens, & ne les met ni plus ni moins à leur aise. Mais je ferai ces deux remarques importantes ; l'une, qu'à moins que l'Etat n'ait des denrées superflues & que l'abondance de l'argent ne vienne de leur débit chez l'étranger, les villes où se fait le commerce, se sentent seules de cette abondance, & que le paysan ne fait qu'en devenir relativement plus pauvre ; l'autre, que le prix de toutes choses haussant avec l'augmentation de l'argent, il faut aussi que les impôts haussent à proportion ; de sorte que le Laboureur se trouve plus chargé sans avoir plus de ressources.

On doit voir que la taille sur les terres est un véritable impôt sur leur produit. Cependant chacun convient que rien n'est si dangereux qu'un impôt sur le bled payé par l'acheteur : comment ne voit-on pas que le mal est cent fois pire quand cet impôt est payé par le Cultivateur même ? N'est-ce pas attaquer la subsistance de l'Etat jusques dans sa source ? N'est-ce pas travailler aussi directement qu'il est possible à dépeupler le pays, & par conséquent à le ruiner à la longue ? car il n'y a point pour une nation d e pire disette que celle des hommes.

Il n'appartient qu'au véritable homme d'Etat d'élever ses vues dans l'assiette des impôts plus haut que l'objet des Finances, de transformer des Charges onéreuses en d'utiles Réglements de Police, & de faire douter au Peuple si de tels établissements n'ont pas eu pour fin le bien de la nation plutôt que le produit des taxes.

Les droits sur l'importation des marchandises étrangeres dont les habitants sont avides sans que le pays en ait besoin, sur l'exportation de celles du cru du pays dont il n'a pas de trop, & dont les Etrangers ne peuvent se passer, sur les productions des Arts inutiles & trop lucratifs, sur les entrées dans les Villes des choses de pur agrément, & en général sur tous les objets du luxe, rempliront tout ce double objet. C'est par de tels impôts qui soulagent la pauvreté, & chargent la richesse, qu'il faut prévenir l'augmentation l'augmentation continuelle de l'inégalité des fortunes, l'asserviſſement aux riches d'une multitude d'ouvriers & de ſerviteurs inutiles, la multiplication des gens oiſifs dans les villes, & la déſertion des campagnes.

Il eſt important de mettre entre le prix des choſes & les droits dont on les charge, une telle proportion que l'avidité des particuliers ne ſoit point trop portée à la fraude par la grandeur des profits. Il faut encore prévenir la facilité de la contrebande, en préférant les marchandiſes les moins faciles à cacher. Enfin il convient que l'impôt ſoit payé par celui qui emploie la choſe taxée, plutôt que par celui qui la vend, auquel la quantité des droits dont il ſe trouveroit chargé, donneroit plus de tentations & de moyens de les frauder. C'eſt l'uſage conſtant de la Chine, le pays du monde où les impôts ſont les plus forts, & les mieux payés : le marchand ne paie rien ; l'acheteur ſeul acquitte le droit, ſans qu'il en réſulte ni murmures ni ſéditions ; parce que les denrées néceſſaires à la vie, telles que le ris & le bled, étant abſolument franches, le peuple n'eſt point foulé, & l'impôt ne tombe que ſur des gens aiſés. Au reſte toutes ces précautions ne doivent pas tant être dictées par la crainte de la contrebande, que par l'attention que doit avoir le Gouvernement à garantir les particuliers de la ſéduction des profits illégitimes, qui, après en avoir fait de mauvais Citoyens, ne tarderoit pas d'en faire de mal-honnêtes gens.

Qu'on établisse de fortes taxes sur la livrée, sur les équipages, sur les glaces, lustres, & ameublements, sur les étoffes & la dorure, sur les cours & jardins des hôtels, sur les spectacles de toute espece, sur les professions oiseuses, comme baladins, chanteurs, histrions, & en un mot sur cette foule d'objets de luxe, d'amusement & d'oisiveté qui frappent tous les yeux, & qui peuvent d'autant moins se cacher que leur seul usage est de se montrer, & qu'ils seroient inutiles s'ils n'étoient vus. Qu'on ne craigne pas que de tels produits fussent arbitraires pour n'être fondés que sur des choses qui ne sont pas d'une absolue nécessité : c'est bien mal connoître les hommes que de croire qu'après s'être laissés une fois séduire par le luxe, ils y puissent jamais renoncer ; ils renonceroient cent fois plutôt au nécessaire, & aimeroient encore mieux mourir de faim que de honte. L'augmentation de la dépense ne sera qu'une nouvelle raison pour la soutenir, quand la vanité de se montrer opulent fera son profit du prix de la chose & des frais de la taxe. Tant qu'il y aura des riches, ils voudront se distinguer des pauvres, & l'Etat ne sauroit se former un revenu moins onéreux ni plus assuré que sur cette distinction.

Par la même raison l'industrie n'auroit rien à souffrir d'un ordre économique qui enrichiroit les Finances, ranimeroit l'agri-

culture, en foulageant le Laboureur, &
rapprocheroit infenfiblement toutes les fortunes de cette médiocrité qui fait la véritable force d'un Etat. Il fe pourroit, je l'a-
voue, que les impôts contribuaffent à faire
paffer plus rapidement quelques modes ;
mais ce ne feroit jamais que pour en fubftituer d'autres fur lefquelles l'ouvrier gagneroit fans que le fifc eût rien à perdre. En un
mot, fuppofons que l'efprit du Gouvernement foit conftamment d'affeoir toutes les
taxes fur le fuperflu des richeffes, il arrivera de deux chofes l'une : ou les riches
renonceront à leurs dépenfes fuperflues pour
n'en faire que d'utiles, qui retourneront au
profit de l'Etat; alors l'affiette des impôts aura produit l'effet des meilleures loix fomp-
tuaires ; les dépenfes de l'Etat auront néceffairement diminué avec celles des particuliers ; & le fifc ne fauroit moins recevoir
de cette maniere qu'il n'ait beaucoup
moins encore à débourfer : ou fi les riches ne diminuent rien de leurs profufions,
le fifc aura dans le produit des impots les
reffources qu'il cherchoit pour pourvoir aux
befoins réels de l'Etat. Dans le premier cas,
le fifc s'enrichit de toute la dépenfe qu'il a
de moins à faire ; dans le fecond, il s'enrichit encore de la dépenfe inutile des particuliers.

Ajoutons à tout ceci une importante diftinction en matiere de droit politique ; & à
laquelle les Gouvernements, jaloux de fai-

re tout par eux-mêmes, devroient donner
une grande attention. J'ai dit que les taxes
personnelles & les impôts sur les choses d'u-
ne absolue nécessité, attaquant directement
le droit de propriété, & par conséquent le
vrai fondement de la société politique, sont
toujours sujets à des conséquences dangereuses, s'ils ne sont établis avec l'exprès
consentement du peuple ou de ses représen-
tans. Il n'en est pas de même des droits sur les
choses dont on peut s'interdire l'usage ; car
alors le particulier n'étant point absolument
contraint à payer, sa contribution peut passer
pour volontaire : de sorte que le consentement particulier de chacun des contribuans
supplée au consentement général, & le sup-
posé même en quelque maniere : car pourquoi le peuple s'opposeroit-il à toute imposition qui ne tombe que sur quiconque veut
bien la payer ? Il me paroît certain que
tout ce qui n'est pas proscrit par les loix, ni
contraire aux mœurs, & que le Gouvernement peut défendre, il peut le permet-
tre moyennant un droit. Si, par exemple,
le Gouvernement peut interdire l'usage des
carrosses, il peut à plus forte raison imposer
une taxe sur les carrosses, moyen sage & utile d'en blâmer l'usage sans le faire cesser.
Alors on peut regarder la taxe comme une
espece d'amende, dont le produit dédom-
mage de l'abus qu'elle punit.

Quelqu'un m'objectera peut-être que ceux
que *Bodin* appelle *imposteurs*, c'est-à-dire,

ceux qui imposent ou imaginent les taxes, étant dans la classe des riches, n'auront garde d'épargner les autres à leurs propres dépens, & de se charger eux-mêmes pour soulager les pauvres. Mais il faut rejetter de pareilles idées. Si dans chaque nation ceux à qui le Souverain commet le Gouvernement des Peuples, en étoient les ennemis par état, ce ne seroit pas la peine de rechercher ce qu'ils doivent faire pour les rendre heureux.

F I N.

9 782329 246017